RESUMO DO DIA

RESUMO DO DIA   HEITOR FERRAZ

Æ
Ateliê Editorial

Copyright © Heitor Ferraz 1996

Dados Internacionais de Catalogação na Publicação (CIP)
(Câmara Brasileira do Livro, SP, Brasil)

Mello, Heitor Ferraz
   Resumo do dia / Heitor Ferraz Mello. – São
Paulo : Ateliê Editorial, 1996.

ISBN 85-85851-11-2

1. Poesia brasileira I. Título.

96-1882   CDD-869.915

Índices para catálogo sistemático:

1. Poesia: Século 20 : Literatura brasileira 869.915
2. Século 20 : Poesia : Literatura brasileira 869.915

Direitos reservados a
ATELIÊ EDITORIAL
Rua Rua Anita Garibaldi, 27
09560-101 – São Caetano do Sul – Brasil
Telfax.: (011) 442-3896

*A Manuel da Costa Pinto
e Rodrigo Lacerda, meus amigos*

SUMÁRIO

LEITOR-HEITOR 11   POETA 18

JARDIM 20   LENDA 22

O SAPO 24   PROCISSÃO 26   MEMÓRIA 28

BARBA 30   UM PRÉDIO 32

INFÂNCIA 34   CASA 36

UMA ITALIANA 38   NOITE 40

QUATRO CANTOS 42   O QUARTO 44

O DEUS 46   NOTURNO 48

QUARTO DE COSTURA 50

TODAS AS MANHÃS 52

A VELHA TEIA... 54   ATIBAIA 56

PRADOS 58   DEPOIS DE GUIGNARD 60

O CASAMENTO 62   ENCONTRO 64

CONCHA 66   RODA 68

AMARELINHA 70

RUA JOSÉ BONIFÁCIO 72

AS BAILARINAS 74   FIM DE TARDE 76

CLAIR DE LUNE 78   RESUMO DO DIA 80

O AUTOR 83

LEITOR-HEITOR

Resumo, em estado de dicionário, significa exposição abreviada de uma sucessão de acontecimentos. Estes, por sua vez, estão limitados à duração do dia. Como se vê, desde o título, há um acentuado esforço de concentração e determinação restritiva. O poeta procura se manter dentro de certos limites: o dia é rito de iniciação, aprendizado das formas breves.

O livro que temos nas mãos, organizado em torno de 32 poemas curtos, está fechado para balanço. Como nas brincadeiras infantis, Heitor Ferraz esvaziou os bolsos e se espantou tanto com as pequenas coisas que havia acumulado quanto com as que perdera no caminho, que nos arrastam da infância para a vida adulta.

O enredo biográfico – de um dia, de uma vida – é percebido de modo ambíguo, invertendo repetidamente os vasos da ampulheta, esvaziada e prenhe de tempo. O esvaziamento se caracteriza pela recusa de certo lirismo confessional, expressa pelos dois últimos versos do poema de abertura: "Amo uma mulher / e isso é problema meu".

Movimento reiterado ao longo do livro pelo uso sistemático de advérbios ou locuções distinguidos pela negatividade: não, nem, nunca, nenhum.

Por outro lado, é do progressivo esvaziamento que brota o desejo de recuperar imagens enraizadas no território da infância: "E tenho que passar a noite / concha de orelha na terra / escutando as batidas distintas / do fantasma que socava o chão". É com olhos de treinada coruja que o poeta salva tudo aquilo que está prestes a se desintegrar no pó transitório do tempo. Num dos poemas mais bonitos, mimetizando a configuração pictórica de Guignard, tenta fixar "as neblinas doídas / dissolvendo o morro".

Esta operação poética costura diversos elementos que compõem "a matéria míope / do rasgado dos dias". Em contraposição à negatividade do esvaziamento, a força expressiva de algumas imagens revela um outro movimento que se oculta no interior da obra: "meus olhos resumiam o radioso sol de maio" ou "a noite se condensa na estrela da manhã".

Sob o ângulo da história literária, o repertório de Heitor Ferraz abraça com ternura a experiência cotidiana e a sensibilidade para o detalhe miúdo tão comum em Manuel Bandeira, Dante Milano e, mais recentemente, em Alcides Villaça. Foi na leitura dos grandes mestres do tom menor que Heitor apreendeu o ritmo das pequenas cidades, capturou a intensidade do instante, descobriu os múltiplos disfarces da poesia que "range nos meus olhos cheios de oh". Resumo do Dia tem um quê de emoção recollected in tranquility.

Certamente, nesta estréia, podemos rastrear uma atmosfera de época e assinalar vivências comuns.

Há uma feliz conjução do apaixonado leitor de poesia com o irrequieto aluno que freqüentou na USP as aulas de Davi Arrigucci Jr., que viu nascer A Poesia de Manuel Bandeira: Humildade, Paixão e Morte. *O procedimento construtivo de "Memória", desentranhado de um poema de Dante Milano, põe em vivência uma das faces deste aprendizado. Mas, chama a atenção, como este nunca fere ou ofusca a originalidade. Heitor conseguiu entrelaçar harmonicamente os elementos de sua psicologia individual com uma decantada atitude estilística modernista, marcada pela coloquialidade e pelo despojamento. Em outras palavras, soube valorizar a experiência pessoal sem abdicar da tradição crítica.*

Mas é preciso enfocar um outro aspecto que chega a ser ostensivo e, sem o qual, não teríamos uma verdadeira idéia do livro. Trata-se do sentimento de deslocamento, quase drummondiano, provocado pelo contraste entre o campo e a cidade e tão bem expresso nos versos de "Explicação": "No elevador penso na roça, / na roça penso no elevador". Na poesia de Heitor, este conflito foi redimensionado, ocorre entre a cidade de pequeno porte – Atibaia, Prados e Fitou – e as grandes metrópoles. Muitas vezes, o deslocamento se expressa através do choque entre o mundo da natureza e a vida urbana, entre "carros que relincham" e um "galo desregulado".

Em linhas gerais, no interior de Resumo do Dia *convivem, nem sempre de forma pacífica, dois modos de perceber e recriar o mundo. De um lado: recolhi-*

mento, contemplação, ruminação da paisagem e da memória. A vida pontilhada pelos espaços familiares de "Um Prédio", "Casa", "Quatro Cantos", "Quarto", "Quarto de Costura". De outro, uma abertura para o universo da rua, para as pessoas em trânsito, entre o cansaço e a pressa, fustigando o poeta que sobe sem ser reparado no elevador.

Outros subtemas se desprendem e prolongam este conflito como, por exemplo, o sapo. Vinculado à natureza, ora reina como protetor das nascentes d'água, ora habita no brejo das almas, viaja para a festa no céu e engole a lua. No início do livro, ele aparece como couro de sapo atravessado na estrada de terra, a partir do qual sugere formas que lembram "as ruínas de uma capela e o esqueleto distorcido de uma cidade". A fascinação pelos sapos arranca do chão de "Lenda", do qual, saltamos sobre lacunas de tempo e espaço, e somos transportados à atmosfera mágica de Atibaia e das vinhas de Fitou. A memória imaginativa aproxima acontecimentos fictícios de antigas lembranças soterradas pela consciência. Subitamente, tudo aflora amalgamado no poema. No seu coaxar metafórico, cantiga de sapo sempre nasceu de um "foi, não foi". Esta ambigüidade dota o trabalho de Heitor de uma curiosa homogeneidade lírica.

Já nos últimos poemas se insinua o tema da sexualidade. Ambientada no cenário urbano, configura uma espécie de jogo de amarelinha, às vezes, próxima do céu, vislumbra a nudez estatuária da moça no alto do edifício, outras vezes, desce ao inferno e pulsa pelas sedutoras bailarinas do metrô. Arma-se um diálogo com a sexualidade em trânsito de Armando Freitas Filho. Ensaiando um erotismo mais lúdico, Heitor fica entre expansão e retraimento, feitiço quase fetichista, adulterando a infância: "Seios casulam pombos cinzentos" ou "seios pequenos pulsam".

A simplicidade complexa do livro pode nos pregar peças. Mas ao leitor atento não escapará que neste embate miúdo e cotidiano contra as tréguas traiçoeiras da morte oculta-se uma resistência troiana. É na delicadeza de tocaia que encontramos um dos prazeres e a medida da obra. Resumindo, neste acerto de contas, o poeta está em dia.

AUGUSTO MASSI

RESUMO DO DIA

POETA

Acabou o fôlego.
E o coração já desgastado
de tanto metaforizá-lo
bate
    sem convicção.

O verso por tempo
me bastou.
           Toda a vida
era para o branco ocioso do papel.

Acabou o fôlego
e não me basto a mim mesmo.

Sento. A cabeça é vazia
de qualquer palavra.
Penso repetido,
nunca houve esforço em pensar.
Amo uma mulher
e isso é problema meu.

JARDIM

Estou cansado, largo
malas e óculos.
Bagagem esparramada
sem ordem ou lógica.

Não fixo olhares
em objetos que passam.
Viravolta numa
interrogação.

Não me interrogo.
Repouso a cabeça
nas raízes da árvore,
mas não há descanso.

Olhos e orelhas
se aferram às formigas,
ao corpo,
ao jardim onde pastam idéias.

LENDA

Por aqui andou um fantasma
que socava o chão com pés duros.
Era lenda que velho nenhum contava:
há muito perderam a voz
e calam até a própria memória
sem interesse.
E tenho que passar a noite
concha de orelha na terra
escutando as batidas distintas
do fantasma que socava o chão.

O SAPO

A mão mal-educada procura o desenho
alguns traços ficam no papel
– as ruínas de uma capela
　o esqueleto distorcido de uma cidade –
as linhas estampadas no branco
como o couro do sapo
　　atravessado na estrada de terra.

PROCISSÃO

Naquela pequena caixa
os ossos talvez chacoalhem
como num desenho animado.
Não houve banda, nenhum dos santos
que sempre voltam pelas ruas.
Mas os domingos retornavam
nas ripas de uma cadeira de varanda
consumidos numa viagem antiga.
Enquanto meus olhos resumiam
o radioso sol de maio.

MEMÓRIA

(de um poema de Dante Milano)

No rosto do morto,
só olheiras.
O soco do destino,
o sono arrastado,
tudo
como última memoria.

BARBA

Homem morto:
só a barba indiferente
continua crescendo
em torno do mato
e da memória.

UM PRÉDIO

Nenhuma lembrança
– o sol batendo no prédio
na sacada alta
de alta fuligem
na pequena área
cercada de brinquedos
onde procuro meu pai,
minha mãe e meu irmão.

E tudo em volta
entramado na pedra
é silêncio e memória
fugindo pela mão.

INFÂNCIA

Nem mesmo a árvore, um dia nave,
conteve os brinquedos que foram seus galhos.

CASA

Meu irmão tocava piano
na tarde azul e o resto de sol
punha um brilho novo
nos móveis e vasos.

Um brilho
que não sustenta meia volta
no relógio da cozinha.

Meu irmão tocava piano
e eu não pensava em nada
nem no brilho
se desfazendo nos ponteiros.

UMA ITALIANA

Concentra o cabelo
branco num lenço estampado
de flores

Logo pela manhã
mistura o leite na polenta
e o sol brasileiro
entre folhas do quintal

Concentrava o cabelo
branco. Cuidadosamente.
A gente podia ver

A vida estalando
de seus olhos
– água limpa escorrendo de Veneza.

NOITE

Como compor esta,
outra noite,
clara e quente,
escura e fria?

Quadro-negro de mil cálculos
suicidas,
homicidas,
astronômicos.

Esta meia sombra
de pouca visão
desalinha cabelos
e verdades —
enquanto a noite
se condensa
na estrela da manhã.

QUATRO CANTOS

Na garagem
carros relincham
línguas de fora

Um bar
pendura sua lâmpada
no feltro verde
da mesa de jogo

O quarto se abre
como uma janela antiga
para escutar o choro
de um bebê desmamado

A fábrica é o latido
de cachorros e máquinas

Algum canto do mundo
— a essa hora —
me sacode inteiro.

O QUARTO

O quarto
móveis disfarçam
a parede

apagam a infância
embutida
nos braços quentes
de uma russa

O quarto
a janela aberta
a lua abrupta na hora
em que descansam
os homens

O quarto
sem cartazes na parede
e o meu jeito de tirar
os óculos

O quarto
sem hóspedes
e sapatos.
Só o quarto.

O DEUS

Quando a noite é só o barulho
de um galo desregulado
e o apito distante de um guarda-noturno

Nesta hora
em que os corpos procuram a ausência
tão necessária
e a dor
um ponto-de-vista

Procuro
em cada canto do quarto
– olhos de treinada coruja –
o deus que me pronuncia.

NOTURNO

Noite despenteada
– o mundo transitório
se desarruma.

A lua
recolhe mulheres.
E no tumulto do quarto
o sonho interroga
arruína os desejos.

Noite fraca
noite em frangalhos
lençol sacudido
pela manhã.

QUARTO DE COSTURA

No quarto escuro
a máquina de costura
cúmplice de sonhos
roda seus ferros
refazendo a cada noite
o diabo torto
sem dramas
a matéria míope
do rasgado dos dias.

TODAS AS MANHÃS

Todas as manhãs
são violentas –
descarregam luzes
peixes
lonas em barracas de feira:
atravessam
pupilas
com força-
brilho de faca
descosturando rastros
daquele sonho
morte imaginária
meteoros de vida
que circulavam repletos
com a força
de todas as manhãs do mundo.

A VELHA TEIA...

A velha teia das cidades
enleia agora as estrelas
Alcides Villaça

Existe um certo rumor
de estrelas desdobradas
em janela pequena
movimentando estrada.

Lâmpadas fracas e velas
tateiam no escuro
onde o ronco do motor
desperta bois e cavalos.

Telhados ganham relevo.
Um homem e sua sacola.
O barro é matéria
que põe o sol de pé.

Olhos não sustentam
o cinema do ônibus
– que não forma enredo
e desintegra-se no pó.

ATIBAIA

O sapo que engole
– no susto –
ah! lua

ou este galo que devolve
a montanha balofa
e o pé de manga carregado
de corações de boi.

PRADOS

Prados, casca de noz que cabe
no seu próprio ribeiro que cabe na mão
na palma da mão (com ouro
nas unhas) de seu velho escravo.

DEPOIS DE GUIGNARD

Ela contou que do galinheiro
fez uma garagem
que do fogão a lenha
fez azulejos.

Tudo é belezura,
tudo é chiquê —
só uma chuva miúda
um frio de entrar nos ossos
mudam a paisagem:

São neblinas doídas
dissolvendo o morro.

O CASAMENTO

Nossa Senhora do Rosário:
a primeira namorada
psiu!
está se casando

e o filho já dorme
em sua barriga

ENCONTRO

Na boca de pedra
de um extinto ribeirão
espero a saparia
que não vem.

O cheiro de madeira
queimando, onde?
num fogão a lenha
numa lareira, onde?

Não são as mesmas casas
nem mesmo a língua
nem mesmo as constelações
girando no mapa.

As duas cidades não estão
no mesmo meridiano
De uma, mediterrâneo
De outra, montanhas.

Mas por que os sapos
– que fascinação os sapos! –
espero surgir
dessas vinhas de Fitou?

CONCHA

A concha
lembrança do que foi mar.
Sem areia, sem água,
sem barcos caindo no poente.

É orelha sem corpo,
telefone sem fio?
Concha bivalve
fendida em sua memória.

Na palma da mão
refaço seu mar.

RODA

Para Zé Antônio

Apenas a roda sabe
do ferro enferrujada música

Apenas a roda sabe
do boi o estalo de músculos

Apenas a roda sabe
da festa a solidão mais rústica

Apenas a roda sabe
da lua do sol do escudo
a composição antiga

Apenas a roda range
nos meus olhos cheios de oh.

AMARELINHA

Meninos brasileiros brincam
do Céu-Inferno
quadrados a giz desenhados
no chão
A pedra cai os pés
pulam

um passo certo – o Céu
um passo torto – Inferno

RUA JOSÉ BONIFÁCIO

Repara
esta moça

como é
despojada:

Seus seios
casulam
pombos
cinzentos

Banha-se
toda nua
(no alto
do
edifício)
em água
muda
de fonte

– mas jamais
mergulha.

AS BAILARINAS

Quatro meninas
depressinha pela escada rolante
Quatro meninas
gesticulam o que o verbo não alcança

Os seios pequenos pulsam
e por trás
os corações estabanados pulsam
os seios pequenos

Quatro bailarinas
depressinha
no vagão do metrô
gesticulam ansiosas e contentes
nos olhos de quem as espia.

FIM DE TARDE

Transitam mais carros
e empregadas com saquinhos de pão

Três meninas conversam
a pressa de seus corações
e exercícios de casa

(uma delas tem os olhos puxados
e o pretexto de todos os meus vícios)

Na tristeza do elevador
subo sem ser reparado.

CLAIR DE LUNE

para Armando Freitas Filho

Estava na hora da morte
o mundo constrangido pedia
atirava pedras contra
a parede da memória.
Óculos, xícaras, vasos
dissimulavam o passado cativo.
Muito sensata
a morte repousava
em branca superfície de lua.

RESUMO DO DIA

Nenhum recado de morte
que sempre abala
tanto a família.
O mundo perplexo parou
e a vida
        oblíqua
preferiu continuar traindo
sem matar ninguém.

O AUTOR

Heitor Ferraz Mello nasceu em Puteaux, subúrbio parisiense, em 1964. Passou a infância em São José dos Campos. Adolescente, veio com a família para São Paulo. Formou-se em Jornalismo pela PUC e cursou Letras na USP, sem completar. Trabalhou no *Jornal da USP* e no *Jornal da Tarde* e atualmente é editor assistente da Editora da USP (Edusp).

Publicou dois poemas na revista *Novos Estudos* do Cebrap e, em 1992, ganhou o prêmio de poesia da Fundação Cultural do Distrito Federal com a coletânea "Couro de Sapo", que, retrabalhada e acrescida de novos poemas, deu origem a este seu primeiro livro.

Título	Resumo do Dia
Produção e artes	Adriana Garcia
Projeto gráfico e capa	Adriana Garcia & Plinio Martins
Revisão	Geraldo Gerson de Souza
Composição	Lauda
Cromo da capa	Fernando Chaves
Fotolito	Quadricolor
Formato	12 x 18 cm
Tipologia	Times
Papel de miolo	Pólen Bold 90g
Papel de capa	Cartão Supremo S 6
Número de Páginas	88
Impressão	Bartira
Tiragem	1.000
Agradecimentos	Silvana Biral, Ricardo Campos Assis, Fábio Affonso

26,00